# 闪烁的记忆

让 青 著

长江出版传媒

长江文艺出版社

# "那正是灵魂的叫嚷声⋯⋯"

## ——让青诗歌印象

荣光启


一


我与诗人让青多次谋面，我对他的印象很好，感觉他为人很沉潜，像他的诗一样，不张扬，但在不动声色之处却能惊见他的特点。潜江，素以现代戏剧大师曹禺的故乡而知名，但人们不一定知道潜江当代的文风、诗风也很盛。新世纪以来，潜江更是涌现出多位国内知名的诗人。已故的韩作荣先生2007年来潜江参加诗歌活动时，有感于这个百万人口的平原小城，知名诗人竟有百人之多，发出"诗歌的潜江现象"之感叹。因为常有诗会的缘故，我去过几次潜江，渐渐与让青熟悉起来，但真正对他的认识还是因为他主编的《潜江诗选》。

2016年5月，《潜江诗选》由长江文艺出版社出版发行，该书共收录63位潜江籍和在潜工作的诗人诗作235首，入选作品为1979年至2015年诗人们创作并发表的新诗代表作，较为全面地反映了潜江当代诗歌创作的基本风貌。在此基础上，2016年6月

24 至 25 日，《潜江诗选》学术研讨会在潜召开。武汉大学文学院教授於可训、樊星、张洁、金宏宇、方长安、叶立文、叶李和严靖等组成的专家团队由我召集，此学者团队之外，会议还有来自武汉、赤壁等地及当地的诗人，共 40 余位。会上，大家分析和总结了"潜江诗群"崛起的原因及其当下意义，认为这是诗歌永恒的生命力的当代见证，也是湖北深厚的地域文化、江汉平原本身丰富的诗意的一种表征。让青作为诗选主编，作了重点发言，能感受到他的诗人情怀以及为潜江的文化建设做好一件事情的认真与热心。

## 二

之后与让青的交往便多起来，也很自然地不断读到他分享的诗作。让青的诗大部分都是口语的叙述，但是在看似简朴的叙述中蕴藏深意。我曾说，口语诗人不容易的地方是：在诗作的局部没有什么华丽、优美的语词，也不会深情款款，但是整体上，你读完之后却收获一种感动。这样的诗是不好写的，它必须是有很深的生活经验和情感积淀基础的。

> 过东荆河往广华，必定要
> 途径"五七"、向阳
> 每次车过向阳，我总是想
> 去看看李微笑

李微笑是我的微友

向阳是她工作生活的地方

那天她微信加我，介绍说姓李

随即发来一个灿烂的微笑

我说："以后就叫你李微笑吧。"

她说："好！"

从此她成了"李微笑"

屏幕前我们谈笑风生

度过无数温馨的时光


再过向阳，我依然想去

看看李微笑

而每次却又在最后放弃

或许，我所一直眷恋的

只是那份温暖

那个微笑

（《车过向阳》，2015/07/24）


  这首诗写人与人的一种关系。在"想去看看李微笑"和"每次却又在最后放弃"之间，有一种张力，"或许，我所一直眷恋的/只是那份温暖/那个微笑"。结尾所透露的心理是意味深长的，当我们读到这里，心灵深处也许会有一点触动，因为这样的生活经验在你我身上也常有发生。我觉得让青的诗歌是一种相当矜持的口语，表面上看很普通，但他往往能在不动声色中呈现出作为诗歌必须有的、那令人感动的部分、那诗意的部分：

我把黑夜
都交给了你。其实

我更喜爱白天和
阳光。春风和煦

你裙裾飞扬，满脸灿烂
我说：我爱你

那一刻，千万朵玫瑰
在你眼前绽放

你说：爱是多么沉重啊
你我尊重就好
（《我爱你》，2016/03/09）

无数的人写过"我爱你"这个题目，但让青这一首仍然别具一格，很有新意。前面的部分都很寻常，是一些关于爱情的叙述和想象。但在最后两段，有了矛盾的张力和一种深度生活经验、人物情感的呈现。当"我"表白"我爱你"之后，"那一刻，千万朵玫瑰/在你眼前绽放"，这是表白者的想象，但对方的回应却是："爱是多么沉重啊/你我尊重就好"。这样的回应也许是人与人之间更好的一种关系——爱，并不是件容易的事，有限而有罪性（Sin）的人（Sinner），如果不懂爱的话，真的在一起，也许会彼此伤害，既然如此，还不如停留在"尊重"之状态，这样二人的关系因为有界限，而显得更美好。这确实是生活中一个"沉重"的困难，生命中的一个难题，在平静而朴实的语言中，让青的叙述真实而深切，诗作让人感动。

## 三

遥望一场雪。一场盛大的
北方的雪。窗外飘飘洒洒
室内娉娉袅袅：在兰的幽香里
炉火正旺。我们说梵·高
说福楼拜和杜拉斯
说狄金森，大洋彼岸的
那个与世隔绝的诗人
你说，你更欣赏雪压松针的
景致，渴盼一场雪地里
纷纷扬扬的记忆。我牵着
你的手，奔向辽阔的雪原
我们做一对戴着雪帽的
小人儿，然后大雪覆盖了你
和我。我说：就这样吧！

于此，白头到老……

（《遥望一场雪》，2015/11/22）

在让青写爱情的诗作中，这首《遥望一场雪》也很有意趣。这是一场关于爱情的想象，作者想象"我"与志同道合的"你"在雪中牵手、奔跑，最后，是让大雪覆盖，因为唯有大雪覆盖，我们才能真正"白头到老……"。此诗想象独特，情感深切，耐人寻味。不过，和《我爱你》一样，让青的爱情诗似乎都在写不可能的爱情，《我爱你》中写一种婉言谢绝，这里写的是"我"单方面的想象。莫非，正因为完满爱情的难能可贵，才催生了许多诗人的绵绵无尽的诗篇？

这种矜持的口语诗的写作，我觉得非常适合让青。我注意到他的简介，他注明自己的"公务员"身份，我想这不是夸耀，这也没什么好夸耀的，我想这是他对于写作的自觉：我不是一个体制内的作家，我只是在日常生活的间隙写诗。他说："读诗、写诗，一直是我生活的一部分。……对我来说，写诗并不是一种自觉的行为，它们是旅途中、会议间，或是闲聊之余、睡梦醒来，随手记录下的片刻感受。它们写在不同的笔记本或纸片上，手机里，某本书或者杂志的空白处，有些信手发布在诗歌网站或微博……所有的写作都归于我们个人生活的回忆。篇目的选择，并无刻意的标准。一首诗，应该就是我们生活的一部分，或记忆，或纪念。因此，收录诗集之中的，一定是记忆最深刻的一部分：某人，某事，某个片段，某个闪烁的瞬间……"这里他说"写诗并不是一种自觉的行为"，应该是指写诗对于他并不是刻意的行为，而是他生活中的一种需要；他通过写诗，重构了他的过去，建立了另一种想象性的生活。文学史上另一位"公务员"、德语作家卡夫卡，1908年开始任职于工伤事故保险公司······伟大的作家常常是在他奔忙的生活中挤出时间来写作。让青这种生活与写作的状态其实对于写作者来说，是非常合宜的。

## 四

前面所举几首作品更像是抒情诗，而另一些即使不那么"抒情"、偏向叙事的作品中，你仍然能见到一个不一样的"让青"："我的朋友们个个海量/青花瓷已甩掉六个/嘴里依然叫嚷着'满上！'/发仔语无伦次/绪强兄醉眼蒙眬/文银大哥开始胡言乱语/说我不够意思/上次抢了他的舞伴/代菁忙着劝和：忘了过去/喝完酒我们再去疯狂/我说，给大家念一首诗吧/这是我最近的杰作/然后用赵忠祥似的语调/朗诵了我的新作《七夕》/不见掌声。所有的高脚杯/都高傲地宁静/邻座的女士打破了沉默/称赞这首诗情深意长/然后是齐声附和：'好诗！好诗！'/掌声四起。我告诉大家：/今天是我的生日/我正在读美国的史蒂文斯/和他的最高虚构笔记······"（《生日》，2013/08/18）

这里出现了美国诗人华莱士·史蒂文斯。史蒂文斯，出生于宾夕法尼亚的雷丁市，1904年取得律师资格后，在康涅狄格州就业于哈特福德意外事故保险公司，1934年就任副总裁，在上下班的间隙写诗——又一个"公务员"诗人！在这场热闹的饭局中，诗人的表现，似乎在宣告他在人群中的独特性，"今天是我的生日／我正在读美国的史蒂文斯／和他的最高虚构笔记……"一个伟大的诗人、一部杰出的诗集，在这里出现的含义，似乎在说："我"总是以此为伴，"我"以此为生。

到这里，我想说，在让青的口语诗写作中，有一种独特的品性，他呈现的是口语，但他的思想、情感与灵魂层面的东西，却是相当精深的、知识分子式的，甚至是有书卷气的。他的许多诗作，都出现了许多外国诗歌大师的名字，或者说这些诗由那些大师的灵魂作为背景，或者说正是那些大师教会了诗人发出歌唱。即使在一首乡土题材的诗作中，其结尾也出现了德语诗人策兰的诗句："老屋的门前有一条小河／小河有一个好听的名字——湘柳河／／儿时的湘柳河啊／河边杨柳依依，河里鱼翔浅底／河面上小船儿来往如梭……／／又见湘柳河——／河水干枯，蓬草疯狂地生长／高速公路刚好从上面经过／／伫立于黄昏的小河边／夕阳照耀着额头，我／一遍遍默念策兰的诗句：／／你可以／满含哀矜……"（《哀湘柳河》，2017/05/29）面对故乡的衰微、河流的消逝，诗人可能想起的是遥远国度一位已逝诗人的"死亡赋格"。

让青对策兰充满深情，他不止一次写到这位伟大的德语诗人：

> 米拉波桥依然横亘于此
>
> 1970 年的塞纳河畔
>
> 骤然响起悲凄的歌声
>
> 遥远的罂粟与记忆
>
> 定格在《死亡赋格曲》的旋律里

那些"大红字的花冠"

隐隐记载了久远的个人记事

哦！策兰——

穿过忧郁的急流

"已经远远走在了最前面

却总是自己悄悄走在最后面"

那些脆弱的空格，和词语的缺口

擦亮了你灵魂的火苗

你倒下了，又一次次站起！

一双诗歌的双手比黎明更温暖

一行吹向风暴的诗句

比大理石更顽强

一个没有国籍的流亡者

唯有诗歌让你更谦卑……

当所有跳跃的音符

紧张的呼吸和换气

在塞纳河畔落下帷幕

百年千年之后

沉郁的《死亡赋格曲》

依然于此

经久不息……

（《塞纳河畔的歌声——致保罗·策兰》，2015/11/21）

# 五

在读让青这一类的诗作时，我感觉他的形象顿时变化了，他从一个在日常生活里埋头公文的"小公务员"，变成了一个灵魂闪闪发光的抒情诗人，他的诗作也开始让你为之一振。仿佛有两个让青，一个是在庸常、忙碌的公务员生活中挤出时间写一些口语诗的让青，这个让青并不引人注目。还有一个让青，他的抒情诗让你大吃一惊，这里面有大师的精神背景，有那些卓越的灵魂的气息，有极为或昂扬或深切的情感述说。他仿佛一下子回到了十九世纪或者二十世纪初，成为一个在茫茫北方的雪地上或者遥远国度的旷野上引吭高歌或者纵情恸哭、恣意呼喊的人。这时候的让青，是这个时代的诗坛上久违了的一个浪漫主义的诗人形象。你看他写的《致茨维塔耶娃》：

逃避。奔跑。呼喊
并留在沉默里——沉默

那正是灵魂的叫嚷声——
因为你一直站着！

热情和赞美，痛苦和绝望
应和了你跌宕的人生

10

经历了整整的一百年啊

多少人怀着柔情蜜意


和一颗仰望彗星的心

走进那间乡间的小旅馆


和你一起，读那个

永恒的黄昏，残血一片……


栖于天空。玛丽娜——

"我想和你生活在一起"

（《致茨维塔耶娃》，2015/01/16）


　　读这首诗，我有一种久违的激动，那种遭遇杰出的浪漫主义抒情诗的激动。当代汉语诗歌，1990年代以来，因为崇尚拒绝隐喻、"诗到语言为止"、日常生活叙事、反文化反崇高……很多时候，我们总是遭遇一些庸俗不堪之作。我们已经很难读到这样的饱含"热情和赞美，痛苦和绝望"的"灵魂的叫嚷声"了！但事实上，我们的生命，是多么需要这样的声音！因为必须有人代替我们呼喊，如果我们自己不能的话。这是文学的使命，尤其是抒情诗的使命。在让青这一类的诗歌里，我看到了一个小知识分子、小公务员的灵魂的闪光。在向茨维塔耶娃这位伟大的俄罗斯诗人致敬之时，让青发出了自己的声音，他的诗歌想象、人生经验和生命情感的表述，在这首诗里达到了一个上佳的状态。也许，是平时写那些矜持的口语诗太冷静了？所以当他呼喊"我想和你生活在一起"之时，得到了真正的释放？

<h1 style="text-align:center">六</h1>

当代诗人王家新将爱尔兰诗人叶芝誉为"教我灵魂歌唱的大师"。当他读到叶芝的《寒冷的天穹》一诗"突然间我看见寒冷的、为乌鸦愉悦的天穹/那似乎是冰在焚烧，而又生出更多的冰。……"时，他说，"这样的寒冷焚烧的天穹不仅具有彻骨、超然之美，它更是一种对诗人的激发，是丰盈生命的映现，它会唤起我们生命中一种'更高认可'的冲动。它在震颤我们的同时也激发我们去呼应它。我一次次默念着这样的诗，因为它使我走出令人沮丧的现实，而把自己置于一种更高的精神尺度下。我感谢叶芝，因为它是一位永不屈服于人世的平庸和无意义的诗人。"（王家新：《教我灵魂歌唱的大师》，第7页，北京：人民文学出版社，2017）让青的诗歌写作，很多是在"呼应"那些历史天穹上的伟大的灵魂。在纪念辛波斯卡的诗中，他写道：

"哦！辛波斯卡/我是如此幸运//万物静默如谜。山庄里/冬至的夜晚。我静静地读你——//我无拘无束地寒暄/说老虎啜饮牛奶/说鹰隼行走于地面/说鲨鱼溺毙水中……//独自散步于你的丛林/那些属于你的'写作的喜悦'//'一见钟情'的美丽。我不相信/我们相互都不会交流//今晚，我记住了你的墓志铭——/一个逗点般的，旧派的人//当我们挥手告别，我掏出计算器/思索彼此的命运……//哦！辛波斯卡，一切都将/'结束或者开始。'"

（《读辛波斯卡》，2014/12/22）"仿佛，在与这些伟大诗人的相遇中，他才会"无拘无束地寒暄"，才有一种言说的自由、"交流"的自由。让青的诗歌写作，也在与这些诗人的"欢迎"、"寒暄"与"交流"中，获得了激情、深情与深切经验的呈现与个人风格的建立。

让青是一个平易得近乎慈祥的人，虽然他并不老。他在一首诗里表明他的诗观："……诗歌不应该是/贵族的专利，诗人也不能/只向往象牙塔里的/生活。当然我也不喜欢/满纸废话，不会欣赏/裸露的乳房，泛滥的阴道/不需要给自己贴一张/'先锋诗人'的标签/或者'××主义'的代言人/我只希望我的诗歌/能够贴近你，给你温暖/然后，走进你的/心里……"（《关于诗歌的对话》，2013/08/19）对读者来说，让青平易而又动人之处的口语诗，贴近人，给人温暖，走进读者的心里……应该不是难事。但是我想说，让青的诗还有另一副面貌，他的抒情是相当自由而有力的，有一种当代诗人少有的激情。在他这一类的诗歌里，我听到了一种久违的"灵魂的叫嚷声"。


2018.4.20 武昌·南湖·半岛居

（作者为诗歌评论家，现任教于武汉大学文学院）

# 目　录

## 卷二　乡村记忆

## 卷三　遥望一场雪

卷四　多年以后……

卷一　窗外的小花

# 听二胡独奏

你的指尖在跳跃
你的长发在飞舞
银色的琴弦
牵动台下每一根神经

时而低回婉转
时而惊涛拍浪
一曲《红枫叶随想曲》
你演奏得如梦如幻

每一双眼睛在凝视
每一只耳朵在倾听
片片枫叶情，化为
道道绚丽的彩虹

而你，是夜空里
那颗闪亮的新星

2017/01/06

# 雨夹雪

车窗外，下起
新年的第一场雨夹雪
大年初五的黄昏
返城的车龙
堵在了东荆河大桥西岸
刮水器不停地扫着
前方依然模模糊糊
路旁的行人撑着雨伞
脚步匆匆
消失在夜幕里……

2017/02/01

# 政 敌

他被扒光衣服

赤裸着身子

扔进宽大的兽笼里

一百二十只凶残的猎犬

已被整整饿了三天

眼睛里泛着血光

争相扑向他，撕扯他

享受一场久违的盛宴

不留下

一根尸骨……

仅仅因为

他是政敌

2017/05/03

# 朋　友

在一个好友群里
我极少发言
只偶尔看看
朋友们谈笑风生
心里便觉得温暖
有一个名字
一直留在群里
却很久不曾露面
群主告诉我
他已经走了很久了
如果想念他
就可以大声喊他的名字

2017/05/09

# 贝壳路

这每一扇贝壳
都闪耀着银色的光
铺就了
一条长长的贝壳路

沿着贝壳路
登上高耸的章华台
你可以俯瞰天下
傲视群雄

亦可饱览
裙裾飞扬，细腰曼舞……
而我，却依稀听到
一扇扇贝壳下面

那一个个
哭泣的冤魂

2017/05/15

# 新闻事件

又一个中国女孩出名了
她在毕业典礼的演讲中称：
美国的空气甜美又清新
而在国内出门时
必须得戴上口罩
不然就可能会生病
——台下的美国人
立刻起立鼓掌……

女孩的演讲引爆了舆论
质疑声来自四面八方：
背叛祖国，侮辱同胞
难道外国的月亮
真的比中国圆吗？

接着是女孩的公开致歉：
我热爱我的国家
对此我深表歉意，并期盼
不要再做过度的解读

女孩的事件还没有结束
人们似乎明白了：
每一个出名的女孩
都各有各的不幸


2017/05/23

# 哀湘柳河

老屋的门前有一条小河
小河有一个好听的名字
——湘柳河

儿时的湘柳河啊
河边杨柳依依，河里鱼翔浅底
河面上小船儿来往如梭……

又见湘柳河——
河水干枯，蓬草疯狂地生长
高速公路刚好从上面经过

伫立于黄昏的小河边
夕阳照耀着额头，我
一遍遍默念策兰的诗句：

你可以
满含哀矜……

2017/05/29

# 妈妈的白发

在故乡的老屋里
大姐找来一把旧剪子
给妈妈剪头发
妈妈坐在堂屋中央
像是对我们
又好像是自言自语：
明年的端午节
你们还会回来吧？
说话间，穿堂风
正从屋里经过
妈妈满头的白发
化为雪绒花
在我眼前飘扬

2017/05/30

# 我们喝酒，不为纪念

我们喝酒。三杯、五杯

不仅仅为了纪念

我们没有吃粽子

当然也没去划龙舟

三槐兄说去唱歌吧

也许这是最好的纪念

哦！那么叫上鸭鸭

再请几位写诗的美女

诵一首《离骚》

唱一曲《九歌》

是否与屈原有关

其实已无关紧要

我说每个人心中

都有一首最美的歌

比方说下一曲——

九百九十九朵玫瑰

2017/05/30

# 在返湾湖国家湿地公园（组诗）

## 林荫道上

进入返湾湖景区

每一棵挺拔的杉树

都在向你致意

湖波荡漾，荷叶亭亭

群鸟竞飞

行驶在林荫道上

水乡园林的景色

如一幅幅水墨画

人在画中

画在流动……

## 返湾湖

陈友谅曾在此

揭竿起义

应召入宫的蒋氏女子

只因来自反王湖畔

落得个凌迟处死

百姓们纪念她

反王湖更名为返湾湖

沧海桑田

三万里云梦古泽

返湾湖成为最后的缩影

或许，那每一朵浪花

都是蒋氏女子

悲凉的泪水？


## 在贺炳炎将军纪念碑前


纪念碑

高耸在湖的中央

你是当年苏区

冲锋在前的勇士

长征路上

永不掉队的老兵

南征北战，返湾湖

留下你英雄的足迹

这万顷波涛啊

每一次的澎湃

是否

对你的呼唤?

## 候鸟天堂

两万余只候鸟

栖息于此,就仿佛

回到属于它们的天堂

潜鸭,夜鹭,鸬鹚

每一只

都是天堂里的珍奇

当成群的鸟儿

从眼前飞过

我都会思量:

某一天,它们会不会

离开自己的家乡

## 垂钓者

我靠近他时

钓竿正敏捷地抬起

一条银色的鲫鱼

被拉出水面

而后放进水边的鱼网

"大叔,运气真好哩!"

垂钓的老者

双眼依然盯着湖面

旁若无人的样子

如一片行云

他背对着我

好像是自言自语：

"太公钓鱼

愿者上钩哦！"


2017/06/01

# 暴风雨

暴风雨
于黄昏时分降临
玻璃窗外
垂钓的人收起钓竿
狼狈逃离
湖面上，成群的候鸟
展翅高飞，悠然
而自在。她在车内
仰望天空，一遍遍
吟诵高尔基的诗句：
"让暴风雨
来得更猛烈些吧！"

2017/06/03

# 窗外的小花

那些小小的花朵
在窗外静悄悄地开放

红白，紫蓝
她们争相斗艳
装扮这小小的舞台

叫不出她们的名字
也不知道她们的习性
这些陌生的花儿——

依然，我会默默地
给她们浇水、松土
然后亲近她们

好像拥抱
一缕缕阳光，和温暖

2017/06/16

# 一个人的升旗仪式

六岁的小萌娃吴睿博
刚到校门口
学校的升旗仪式
已经开始了
当国歌奏响时
他立刻停在原地
敬队礼，直至国歌
播放完毕
然后跑步进入学校……

路人拍下这一幕
传到网上，无数网民
为之喝彩，点赞
当辅导员老师问他
为什么会有这样的举动时
吴睿博用童稚的声音说：
"因为我是一名
光荣的少先队员！"

2017/06/28

# 走进森林公园（组诗）

## 在曹禺陵前

一部《雷雨》
震撼神州
而此刻，我在想
雷雨之后
是否会
雨过天晴？

## 水葫芦

走进森林公园
那些不知名的植物
正铆足了劲儿地
疯长。白色的花朵
挤满了弯弯的小河
有人惊呼——
"水葫芦！水葫芦！"

## 断头树

你被拦腰斩断
有人戏称是"断头树"
站成一排，也是一道
风景。即使断了头
也依然
剑指蓝天

## 你们好！

她说，这森林多好
他说，有你就好
我望了望天空
成群的白鹭
在树顶缭绕
我说：
你——们——好！

## 合　影

百年皂荚树
挺拔，俊美

诗人们争相在此

留影，竟然忘了

不可与古树合影的

忌讳

2017/07/04

# 女考官

女考官望了望

对面的考生，开始念题：

假如你开着执法车

正在执行公务

途中接到电话

要你顺路接妈妈

去医院做身体检查

你会怎么做？

他望了望女考官

坦然答题：

首先，我会将妈妈

接送到医院

然后……

答题时间到

女考官再次望了望他

脸上露出温暖的微笑

而她手中的笔

在颤抖，终于缓缓地

举起亮分牌……

2017/07/13

# 面　试

前面的两道题结束
她感觉很完美
考官念过第三道题
她开始低头沉思
当工作人员提示：
"答题时间到。"
她猛然抬起头
一脸茫然——
逝去的五分钟
成为她人生路上的
分水岭

2017/07/14

# 井冈山上（组诗）

## 走进井冈山

踏上这片土地

旌旗猎猎，军歌嘹亮

井冈山——

红色的山，英雄的山

四万八千位先烈

用青春和热血

染红了你

"星星之火，可以燎原！"

他们把不变的信念

写在鲜红的旗帜上


五井碑前硝烟起

黄洋界上炮声隆

苍茫林海，我看到

波澜壮阔的画卷里

一条光明的大道

正伸向远方……

2017/08/02


## 在小井红军烈士墓前

苍松翠柏

在呼啸；潺潺溪流

在呜咽。一百三十名

手无寸铁的红军伤员

于此倒下。鲜血

染红了这片稻田

染红了稻田旁

蜿蜒的小溪……


李兴华——

年仅十四岁的小战士

你是否

想念家里的伙伴

想念疼爱你的爸妈？

面对凶残的敌人

你，依然义无反顾

笑迎屠刀

你把鲜红的血液

撒在茨坪的土地

撒在了井冈山上……


在这里——

小井红军烈士墓前

千万个后来者

为你致哀

我把一朵白色的小花

献给你，献给你们

还有这漫山的杜鹃花

一起

为你们绽放


2017/08/01


## 雕　像


穿过枪林弹雨

简陋的红军医院里

他把一粒粒消炎的食盐

积攒起来，让给了

身边的战友

把痛苦和死亡

留给了自己


张子清——

二十八岁的红军师长

战场上骁勇的战士

令敌人闻风丧胆的

优秀指挥员

用自己最后的生命

谱写一曲英雄赞歌


在茨坪，在红四军医院旧址的

广场前，一座青铜雕像

耸立于此，似一座丰碑

耸立于

浩瀚苍穹……


2017/08/02


# 井冈山的竹子

井冈山的竹子

漫山遍野

你是当年

屹立山头的哨所

你是埋伏

深山里的奇兵

黄洋界里，八面山上

三十里竹钉阵

你是冲锋在前的

战士

井冈山的竹子哟

青了又黄

黄了又青

井冈山的星火啊

燃遍了

神州大地……


2017/08/03



## 八角楼的灯光

八角楼里

一盏普通的桐油灯

彻夜闪亮

你在苦苦求索

中国的红色政权

为什么能够存在？

革命的航船

该驶向何方？


今天，我站在

八角楼里

看见这普通的桐油灯

茫茫黑夜里，如何

把神州大地

照亮……


2017/08/04



## 瞻仰大井毛泽东同志旧居

九十年前烽火犹在

在茨坪大井，我

抚摸这片片残墙

读黑夜

读一代伟人

读书石上留下的身影

以及，两年零四个月
艰难的日夜，仿佛
做一次历史的穿越——

硝烟四起，子弹飞过
倒下，站起
倒下，再站起
五万英雄儿女
前赴后继，燎原的星火
在这里燃起……

而此刻，我高举着红旗
就像当年
冲锋的路上……

2017/08/04

# 在湖心庄园与朋友饮酒

中午的阳光照耀在河面上
银波闪亮。湖心庄园
安静地坐落在小河旁
池塘里，成群的鱼儿雀跃欢畅

我们围坐在土灶旁
枯树枝已在灶底点燃
铁锅里，一只肥鹅在烹饪
香气飘过田野，满眼芬芳

朋友们频频举杯，干了再干
他道：老夫也有少年狂
我们说修竹园林，说西荆河
仿佛回到久远的时光

于是有人感叹：当我们老了
何不寻一处桃园风光——
我们会相聚于此
饮酒，还有诗和远方……

2017/09/06

33

# 父女俩

她十七八岁
青春靓丽
他正当中年
满脸疲惫
地铁里，她从旅行包
掏出电动剃须刀
把他的脸刮得干干净净
然后，依偎在他肩旁
小憩，一脸的甜蜜
他紧握着她的手
生怕她会丢失似的
直到终点。出了地铁站
他们拦下一辆出租车
向着大学城方向
疾驶而去

2017/09/18

# 在西安（组诗）

## 夜登钟楼

钟楼之上

望鼓楼

晨钟暮鼓

谁与懂？

十里城墙

今犹在

钟楼、鼓楼

火树银花不夜天

## 杨公塔

世人都拜杨公塔

一片冰心

留西峰

谁与问：

一代枭雄

哪知慈母

满腔泪?!


## 华山论剑


一对七旬老者

搀扶着，终于爬上

华山之顶

金庸正笑看——

各持一把长剑

摆一个造型

谁与争锋?


## 华阴老腔


一面大鼓

一把胡琴

一条木凳

一只木锤

舞台上

这群普通的农民

把一曲华阴老腔

搬到央视

唱响神州

一声声长腔里

满是欢喜

满是乐

## 大雁塔

都在追寻

玄奘带回的经书

大雁塔，因此成为

一个城市的地标

而我，独爱小雁塔的

小，和宁静

## 兵马俑

何不战死沙场?

偏偏要长眠地下

陪伴

一具僵尸!

2017/09/18—23

# 当你老了

当你老了，那么告别
烟囱；告别二十、三十层的
高楼。回到乡野去吧
回到生你养你的地方
小屋旁，种三五棵
黄桃树，黄昏里邀两三好友
一壶清茶，看桃红花谢；
孤独一人时，拿一根
钓鱼竿，门前有条小河
垂柳下，你可与鱼儿对话：
谈今生，话来世
或者，请它们上岸
摘几只青椒，加几瓣蒜子
煮一锅鲜鱼汤
来二两老白干
"对酒当歌，人生几何?!"
当你老了，你应该
回到乡野去啊！回到
生你养你的地方……

2017/10/02

# 防汛日志（组诗）

## 巡防队员

月亮挂在树梢，雾霭
笼罩一百八十公里长堤
河流湍急。王村长脚穿套鞋
一手端着照明灯，一手
拿着铁锹，和他的队员们
在大堤旁仔细巡查
沿着腰浸、脚浸
从东到西，从西到东
时而蹲下身子，在青草间
查看，不放过一丝丝
蛛丝马迹。一批队员
下去了，另一批队员
顶上来，像战士发起
一阵又一阵冲锋……
年轻的王村长
始终走在队员最前面

紧随他来到河边

河水仍在缓慢地上涨

他说："河水一日不退

我们就会时刻

坚守在大堤！"

堤岸上，一面面鲜艳的

红旗，在夜色里

迎风招展……


2017/10/08



## 在东荆河看水


在东荆河岸边

看水。看河流滚滚东去


河滩上的小房屋

已没过屋顶

防护林在急流中

摇晃，阵阵浪花

拍击着堤岸，浸湿了

双脚。而远处的

河流中央，有千军万马

奔腾着，咆哮着
它们向东而去
不舍昼夜……

哦！逝者如斯夫
一叶小船在岸边
摇荡，你能否载我
去那远方？

2017/10/09

## 枕着你的波涛入眠

走过长江
走过黄河
却从来没有如此的感觉：
我亲近你，抚摸你
亲吻你，拥抱你
每天枕着你的波涛
我才可以啊
安然地入眠……

我在晨曦中看你

在夕阳里看你

在星光下看你：

看你沉静时婴儿似的安详

看你咆哮时雄狮似的凶猛

——东荆河啊，生命河！

我爱你，怨你

我怨你，爱你

我的血脉里，有你

我的骨髓里，刻着你……

2017/10/10

# 贵宾室

离火车到站还有

半小时，车站服务员

将他迎进了候车贵宾室

坐在柔软的沙发里

他点燃一支黄鹤楼 1916

开始欣赏墙上的巨幅国画

贵宾室里空无一人

他很享受这贵宾的尊严

与清净。五个多小时后

他将抵达南方某城

签约一个招商项目

然后直奔海边的温柔小楼……

他的思绪在飞扬

这时大厅里开始播报：

"G1036 次"列车正在检票

他刚站起身

两个身着便衣的警察

突然出现在面前

他很冷静，被夹在二人中间

向车站外的警车走去

候车大厅里

秩序井然……


2017/11/15

# 黄玫瑰

黄玫瑰在阳台上

在浩瀚的天空与大地之间

它用泥土的芳香

架起一座金色的桥梁

我躺在阳台上

躺在大地与天空中央

黄玫瑰哟，黄玫瑰

天空碧蓝

大地温暖

2017/12/04

45

卷二　乡村记忆

# 从明天开始化妆

从明天开始化妆

画弯弯的眉，大大的眼

画坚挺的鼻，樱桃的嘴

穿民国的碎花旗袍

蹬三寸高跟鞋

撑一把粉红油纸伞

绕过宽阔的沥青大道

漫步在清朝的幽深小巷

脚步轻轻，青石板回响起

悠扬的节奏。一曲古筝

从巷尾传来，遥相呼应

红门背后冒出的少年

手握相机，"咔嚓！"

"咔嚓！"说是拍风景

2016/01/02

## 湖心岛上的树

你一直站立在那
湖心岛上，一棵树
构成一幅别致的风景

风暴狂卷你
雷电劈击你
湖水淹没了你……

而你，依然不屈地
站立。仿佛遥望远方的
山峦，或是守候春天的

爱人。一棵树
也有自己不变的情怀——

即使孤独，也不离开
这脚下的土地！

2016/01/07

# 江汉平原的雪

江汉平原的雪

只在夜里

静悄悄地飞扬。低调

不华丽。润物

细无声。当你从梦中

醒来，她会给你一个

无影无踪的惊喜

温暖的阳光

沐浴着你

和我。那些娇艳的花朵

绚丽且灿烂

站在高高的楼阁上

我俯视茫茫大地

然后，遥望远方

飘渺而浩荡

哦！何不来一场

北方的

暴风雪呢？

2016/01/23

# 梦　境

梦境里，我正和
一群野兽搏斗
它们用利器
击伤了母亲和弟弟
甚至连幼小的妹妹
也不愿放过
我夺过一支冲锋枪
疯狂地扫射，绝不留下
任何一个。那一刻
心中只有悲伤
和复仇

2016/01/29

# 雪中与你告别

## ——送友人

穿过城市，穿过风雪
我来到你的面前
你看着我，微笑如昨日——
我们说托尔斯泰，说
一场北方的雪
我们激扬文字
时光在青春里燃烧……
知天命的年轮太珍贵
殡仪馆外，雪花飞舞
一片片，化作泪水
为你送行。伫立雪中
默默地，我目送你
与雪花一起告别：
兄弟，一路走好
天国里，一样要快乐啊

2016/01/31

# 雪　人

大清早，城北的公园里

冒出无数雪人儿

他们或高，或矮

或胖，或瘦

他们或喜，或怒

或哀，或乐

于草坪上，于角落里

或立，或坐，或卧

无不惟妙惟肖，栩栩如生

一对老年夫妇

和他们相依相偎

满头银发，与雪花一起

飞舞。灿烂的笑

与雪人融为一体

公园的上空，回荡着

一曲曲《雪中情》

2016/01/31

# 致远方的你

远方的雪，一定有
刺骨的味道
远飞的鸟，总是会
依恋他的故乡
冰雪融化，鸟儿迁徙
漂泊的日子
总是伴着母亲的牵挂
老屋的炉火燃起来了
香喷喷的糯米粑
热腾腾的炖莲藕
等你回家。有钱没钱
终要归于故土
团团圆圆啊
便是快乐老家

2016/02/06

# 闹元宵

大红灯笼挂在

东风路两旁的樟树上

无数盏水晶花灯

摆满了长长的街道

正与闪烁的星星媲美

一张张幸福的脸

绽放着，夜空下

与火红的灯笼辉映

嫦娥奔月，瑞雪丰年

美猴王寻找中国梦……

小女孩不停地问妈妈：

猴王手里的棍子干吗呀？

宝贝，猴王要陪师傅去取经呢

他手里握着金箍棒

一心要捉拿路上的

牛鬼蛇神，妖魔鬼怪……

小女孩的眼睛扑闪扑闪

这路上有妖魔鬼怪吗？

她抬起头，漫天焰火

闪耀着，照亮了天空……

2016/02/18

## 等待一朵桃花盛开

寒流过后，冰雪就要融化
大地复苏。一场桃花的盛宴
与你相约

待一阵春风。朵朵花蕊
将在三月里盛开

你说："花是自己开的
与季节无关呢。"

2016/02/29

# 故 乡

怀念故乡
怀念故乡的那条小河

无数次梦里回故乡
几回回
一步一回头

故乡，我已不认识
你的模样

2016/02/08

# 看诗人说诗

我常常被邀请
加入某个陌生的微信群
这里都是大大小小的
知名或不知名的诗人
因此，我会留一点矜持
保持着习惯的沉默
如果有人@我
我会发一个经典的表情秀：
"我不说话，只看看。"
我看诗人们打情骂俏
调侃张三或者李四
偶尔他们也会谈诗
却总是云里雾里
忍不住我也会插上三言两语：
"你们说诗啊
额看看就好！"

2016/03/08

# 我爱你

我把黑夜
都交给了你。其实

我更喜爱白天和
阳光。春风和煦

你裙裾飞扬，满脸灿烂
我说：我爱你

那一刻，千万朵玫瑰
在你眼前绽放

你说：爱是多么沉重啊
你我尊重就好

2016/03/09

# 布谷鸟飞过田野

一只布谷鸟，孤单地
飞行。在荒芜的田野
在妈妈孤寂的坟前

布谷鸟，她从不
结伴而行。在山上
在山野，她踯躅而彷徨

她一声一声地鸣叫：
春来了，快快耕耘吧
粮食就会满仓

她有一个别名叫"臭姑姑"
"布谷，布谷"，声声
都啼血······

2016/03/11

# 乡村记忆（组诗）

## "剃头王"王小虎

"剃头王"俗名王小虎
因为腿脚不太利索
从小便学了剃头的手艺
王小虎脑子灵，手艺精
方圆十里人称"剃头王"
"剃头王"聪明又实在
每天走村串户，从不歇息
一个人的日子
过得踏实而充裕
"剃头王"早早喜欢上了
村里的姑娘李翠花
无奈翠花爹娘死活不答应
说是王小虎不能帮家里
干农活。何况王家的成分也不好
村里人每每拿他开玩笑：
"剃头王，别再一头热啦"

他总是笑哈哈地回应：

"一头热怎么啦？俺喜欢！"

然后，王小虎继续想念着

李翠花


2016/03/14



## "磨剪子咧，戗菜刀……"


"磨剪子咧，戗菜刀……"

一声亲切的吆喝唱响

大娘大婶们就会齐聚

村头的那棵古槐树下

磨刀的李大伯担一副担子

长条凳上固定好磨刀石

开始磨剪子，戗菜刀

李大伯不紧也不急

粗石磨平，细石磨快

不一会，一把把锋利的刀剪

便交还给主人。李大伯说：

"这刀口最是娇贵呢

若不仔细打磨出锋芒

用不了多久，就会迟钝。"

村里的大娘大婶们

回到家里开始忙碌

刀锋在砧板上跳跃

喜悦挂在她们脸上……


2016/03/14



## 补锅匠

刘师傅是外乡人

十里八乡，走村串户

小曲调儿从不离口

一只炉，半袋煤，黑木箱一个

一根扁担担两头

锉子，火钳，钯子，钢钎

应有尽有。一声吆喝：

"钯锅了，钯盆了。"

拿锅的，拿盆的

呼啦啦便把刘师傅围住

"这个洞能补吗?"

"这个裂缝能修吗?"

七嘴八舌问个不休

刘师傅一边作答

手里却忙个不停

锅子坏了，清除铁锈

补上，锤平；若是大洞

点起炉子，烧了铁水

浇灌，再细心地磨平……

人们总是称赞刘师傅

雨雪天有的留饭，或是留宿

后来，听说刘师傅歇业了

而村里人依然怀念着：

"钯锅了，钯盆了"

那渐行渐远的吆喝声……

2016/03/15

## 老李师傅和小花姑娘

一尺，一盒，一台缝纫机

那年年关，老李师傅

和他的徒弟小花姑娘

被请到我们家做新衣

量尺：前后左右，衣不大寸

画线：角度弧度，分毫不离

裁剪：纵横曲折，干净利落

然后，开始上机操作

老李师傅技术娴熟

针脚匀称，松紧自如

半个时辰，一件新衣成形

而锁边，网眼，钉扣子等

辅助项目，则全部留给了

徒弟小花姑娘

小花姑娘心灵手也巧

飞针走线，太阳落土时

我们弟兄几个高高兴兴

都穿上了过年的新衣

这一天，也便成了

我们儿时最快乐的节日

多年以后，我离开了家乡

老李师傅和小花姑娘

也就成为久远的回忆

又是一年年关时节

我回到家乡，听说老李师傅

后来离婚了，而后进城

办起了服装厂，徒弟小花

成了厂里的老板娘

2016/03/16

## 张铁匠的作品

风箱一拉，风送进炉膛
熊熊的炉火腾地燃起
火苗由通红变成炽白
张铁匠快速抄起夹钳和小锤
夹出炉中的铁块，置于砧子上
少年小张，抡起手中的大锤
击打在铁块上，铿锵而有力
"叮当！叮当"的打铁声
像一曲清脆悠扬的古曲
回荡在江南故乡的天空
一把把铁锹、镢头、镰刀
在父子俩激昂的合奏中
完整呈现。这每一件农具
都錾上了"张记"的标识
成为张铁匠的完美作品
少年小张，也仿佛在一次次的
捶打中成长。夕阳下的古槐树下
一老一少仿佛一座雕像
刻在了乡亲们的记忆里……

2016/03/17

## 父亲的轧花机

父亲的轧花机

摆放在堂屋中央

天蒙蒙亮，父亲已坐在

轧花机上。大轮小轮

一起转动，"哳哳哳"的声音

和谐通畅地响起来

这期间，妈妈和大姐

会轮流替换下父亲

而轧花机的声音

会一直响到天黑以后

一袋袋黑皮棉

变成了雪白的软棉花

那一刻，我总能看见

手里捧着大碗茶的父亲

脸上满含着微笑

目送一个个乡邻离去

多年后，父亲和他的轧花机

都不在了，小屋里那有节奏的

轧花声，却依然回响……

2017/05/17

# 古巴雪茄

朋友送我几支雪茄
我不以为然
说："能抽吗？"
我甚至有点怀疑：
会不会是毒品呢？
告辞时，他悄悄告诉我：
"这是最好的古巴雪茄
社会主义的。"
"我会晕吗？"
朋友一脸茫然

2016/03/18

# 想和你一起采集春光

火红的郁金香

开满了章华宫，打鼓台

一张张沐浴春风的脸

和郁金香一起绽放

脚下的青石板道

像一条闪光的贝壳路

伸向远方

打鼓台下的油菜花

遥望无际，绚丽且灿烂

楚国的细腰美女

早已淹没于云梦古泽

此刻，化为只只蝴蝶花

翩翩地飞，浪漫地舞

远方的爱人啊！多想

和你一起

采集这大好的春光……

2016/03/20

# 墓　碑

那一年，深秋的风刮过屋顶
你便悄悄地走了，夕阳里
甚至没有最后的话别

那一月，青草爬满了你的坟冢
我们把一块廉价的石碑
立于你清冷的坟头

那一天，我们踌躇了许久
许久：应该为你
刻一段怎样的颂词？

多年以后。我再来此
为你祭奠，终于明白：
父亲啊——

何须碑文呢？你一直
矗立在我们心里……

2016/03/26

# 背　影

渣滓洞里，回荡着
你的声影。成排的刑具上
残留着你殷红的血迹
尖刀般的竹签
穿过你连心的十指
摧不垮你顽强的意志
那一天。暮色苍茫
黑云压城
沉重的枷锁，锁住了
你的手和脚，你的步伐
依然豪迈而坚定
北风呼号，卷起你的短发
每一步，都是无声的抗议
死亡之墙。你于此定格
似一座雕像岿然屹立
当罪恶的子弹划过长空
你的背影，铸成天空下
带血的画卷
长留人间……

2016/03/28

# 暖　暖

桃花开了，梨花
也会姗姗来

你说，人间四月天
一起去看桃花吧

红彤彤的郁金香
金灿灿的油菜花

赶在这个季节里
一起绽放

这四月的人间啊
暖暖。桃花丛里

一只蝴蝶
绕着你飞，暖暖

2016/03/29

# 依 依

我只认识一个代号——
你的名字叫"彼岸花"
她就一直留在我朋友圈里
安安静静，没有一丝的讯息
那一天，春风吹拂的早上
微标闪烁。我们互道"早安！"
然后说起春天
说四月里浓浓的相思：
那一年。瑞雪纷飞
妈妈为了省下五毛钱
步行几十里，把两双棉鞋
送到你和姐姐手中
来回的车费刚好是一块钱
妈妈把省下的车费
全部交给了你和姐姐
姐姐五毛，你也五毛……
那一刻，你说姐妹俩双双落泪
至今想起，依然泪水盈盈
"妈妈是农妇，她用母亲的爱

精心抚育了我们姐妹四人……"
然后，一个羞涩的表情符
跳出："跟你说的太多啊！"
你似乎要告诉我一个秘密——
"以后叫我依依吧……"

2016/04/16

# 像蝴蝶一样生活

做一只快乐的蝴蝶吧
像蝴蝶一样，让美丽
在痛苦中绽放

像蝴蝶一样
总是朝着美好的方向
向着天空和大海
亲近大地，拥抱自然

从明天起，做一只
自由的蝴蝶——
慢慢地飞，悠然地舞
轻轻地来，悄然地去
采一路芬芳，集大好时光……

像蝴蝶一样
快乐地生活吧
与蓝天白云招手
同清风艳阳挥袖

飞越花海，翱翔海洋

远方的彼岸花啊
温暖且灿烂……

2016/04/19

# 我们挥手，不说再见

我依然记得，那一晚
你轻柔而低回的吟诵
似片片飞扬的雪花
绝不带走腊梅的香气
是的，当我第一次听见
你那发自心灵的足音
我想，所有的夜都充满了诗意
那一刻，我喜欢你是寂静的
每一首诗，化为一片深深的海
或是朵朵夜来香，弥漫了
霓虹灯下的每一个角落……
而今夜，我期盼一场瑞雪纷飞
雪花飘落时，我们挥手
却，不说再见

2016/05/05

# 公交车上

公交车上
穿墨绿裙衣的少女
膝盖上打开
一本厚厚的书
齐耳的短发
遮蔽了赭色的镜框
仿佛一幅绿色的剪影
车上的目光齐刷刷地
投向她，每一双眼睛里
都放出异样的光彩

2016/08/20

卷三 遥望一场雪

## 致茨维塔耶娃

逃避。奔跑。呼喊
并留在沉默里——沉默

那正是灵魂的叫嚷声——
因为你一直站着!

热情和赞美,痛苦和绝望
应和了你跌宕的人生

经历了整整的一百年啊
多少人怀着柔情蜜意

和一颗仰望彗星的心
走进那间乡间的小旅馆

和你一起,读那个
永恒的黄昏,残血一片……

栖于天空。玛丽娜——

"我想和你生活在一起"

2015/01/16

# 护士小薇

小薇刚刚从护士学校毕业
来到市中心医院做护士
上班的第一天
我成了她的第一个病人
她总是轻轻地走进病房
甜甜地叫一声："您好！"
查体温，量血压，换药瓶
离开时再轻轻地道一声：
"您好好休息啦！"
每次，我只能目送她的背影
悄悄地离去。又一个早晨
小薇的脚步声没有传来
新来的护士告诉我
小薇病了，昨晚做了手术
就住在楼上的病房里
闭上双眼，小薇正甜甜地笑
那一刻，我仿佛是一名护士
轻轻地走进她的病房

同样轻轻地对她说——

"你好！你好好休息啦……"

2015/04/10

# 听余秀华读诗

此刻，我在医院的
病房里，听你在未名湖畔
读《我爱你》。听你说
稻子和稗子的区别
还有你向往的春天

我爱你！就这样
巴巴地活着，每天打水
煮饭，按时吃药
每天带着心爱的小巫
在春天的田野散步
在干净的院子里读诗……

"这一切，其实也很洁白
洁白于接近春天……"

2015/04/15

# 乡间纪事

在乡间，亲近这些鲜活的植物：
番茄，辣椒，茄子，以及
那些叫不出名的小小生命

一场五月的暴风雨
淋在我和它们头顶
仿佛是一次准备好的洗礼

我熟悉这每片绿色的叶子
这些娇嫩的花儿会结出果实
然后走向丰盛的餐桌

而此刻，我在它们中间
沐浴这突兀而至的风雨中
倾听这植物和泥土的芳香……

2015/05/17

# 雨中的冯家湖

雨中的冯家湖
烟雾笼罩，辽阔寂静
章华台、公安台雄踞左右
君不见：细腰美女，夜夜笙箫
淹没于风雨中？

哦！冯家湖，原来是
情人眼里的一滴泪
此刻，我漫步于湖畔
细雨中折一枝玉兰花
任凭它，飘向遥远的湖心……

2015/06/07

# 写给妈妈的诗（组诗）

## 一只小木箱

故乡的老屋里
有一只陈旧的小木箱
小木箱也就尺来见方
红色的漆纹已经撕裂
一把小铁锁结满了锈斑
妈妈说，很久没有清理过了
凝视着它，我想象着
木箱子里久藏的记忆——
木制弹弓，黑白小人书
活泼可爱的泥人娃……
我抚摸着它，直到离去
却始终不忍将它打开

2015/06/03

# 拐　杖

二十年前，泰山顶上
买回一支古木拐杖
那时妈妈刚刚六十
神采奕奕。我把它一直放在
床头的壁柜里，枕着它
就仿佛妈妈陪伴着远行
二十年后，我把它送给妈妈
作为她八十岁生日的礼物
妈妈老了。拄着它一路前行
她的背影在眼前踟蹰
就好像远方的儿子
正搀扶着她，一路攀登
在泰山之巅的路上

2015/06/12

## 妈妈的手机

春节给妈妈买了部智能手机
是她一直想要的"小米"牌子

妈妈年过八十，双眼有疾
手脚也不太灵便
"小米"或许只是一个摆设
然无论白天还是夜里
它总是一刻不离妈妈身边
半年过去了，妈妈却没有
给我们打过一个电话
她总是爱对邻居们说：
"这下孩子们找我可方便了。"
那天，我把电话打过去
未及开口，已传来妈妈
熟悉的声音："是青儿啊。
我很好。你不要惦记我。
记得要少喝酒啊……"
电话那头，妈妈不停地唠叨
而我，仿佛看见
妈妈期盼的眼神……

2015/06/14


## 老　屋

故乡的老屋
也就是几间青砖瓦房

屋前有几棵柳树

屋后也有几棵柳树

柳树间跑满了翠竹

父亲离开我们已经多年

老屋是他留下的唯一遗产

兄弟们近年陆续进了城

住上了宽敞的小楼房

妈妈却坚持要留在老屋里

偶尔她答应来城里住几天

每次总是悄悄跑了回去

那天我回老家看望妈妈

老屋已年久失修

屋前的柳树已被砍伐

施工中的高速公路

正好从屋前经过

而屋后的柳树挺拔参天

青翠的竹子已经成林

妈妈说："还是住在老屋里好

也可陪陪你爸爸。"

爸爸的遗像悬挂在墙上

依然慈祥地看着我

那一刻，阳光照耀着老屋

每一缕，都融入心里……

2015/06/17

## 你的春天

很想找一个词，描述
或者形容你。喧嚣
和激情，属于燃烧的七月
寂静的夜，不属于你
一抹红红的朝霞
写在你青春的脸庞
那一刻，你也会
樱桃颤动，绚如桃花
眸子里，映一个
人间四月天。只有星星
在窗外不停地闪烁
而我，如何能走进
你的春天里……

2015/07/23

94

# 车过向阳

过东荆河往广华，必定要
途经"五七"、向阳
每次车过向阳，我总是想
去看看李微笑

李微笑是我的微友
向阳是她工作生活的地方
那天她微信加我，介绍说姓李
随即发来一个灿烂的微笑
我说："以后就叫你李微笑吧。"
她说："好!"
从此她成了"李微笑"
屏幕前我们谈笑风生
度过无数温馨的时光

再过向阳，我依然想去
看看李微笑
而每次却又在最后放弃
或许，我所一直眷恋的

只是那份温暖
那个微笑


2015/07/24

# 三亚印象（组诗）

## 云朵之上

红的，蓝的，紫的
云朵在脚下
升腾，翻滚，奔跑

云朵之上
仿佛和梵高一起旅行
彩色的云朵顷刻变成了
麻醉的酒精
疯狂的梅毒
病态的妓女……

这绽放的色彩啊
分明是人间的道道风景
他正要去寻找
自由飞翔的感觉

2015/07/26

## 大东海，乘帆去听海

在大东海，乘一叶白帆
去听海。蓝天，白云
伴我在海上荡漾
海风把白帆高高举起
迎风招展，海浪无情地
拍击着帆船，无数朵浪花
将它涌到峰顶之上
而每一次，我都会和白帆
站立一起
迎接下一阵巨浪

2015/07/27


## 天涯石

千年，或许万年
你就一直在天涯，在海边

我拾一枚"天涯石"
你把沧桑，风蚀，都刻在脸上

一阵海潮把你送到脚下
我知道：你是我前世的缘

天涯石，无论跋山涉水
艰难险阻，我都要带你

在身边，一起回到
我江汉平原的家乡


2015/07/29



## 苗族婆婆

两台传统织布竹器
两个苗家老婆婆
构成一道别致的风景——
手指灵巧熟练
脸上荡漾着笑意
八方来的游客
给她们拍照，或者合影
而她们的脸上，脖子上
刻有显目的纹记

她们并非赶时髦的老人

每一道纹记

都是一段痛苦的回忆

因为她们不愿

被欺凌，被侮辱……

当我从她们身边经过

也一样拍一张合影

不为风景，只为

忘却的纪念……


2015/07/29



## 苗家姑娘

青春，美丽，一身苗家装束

苗家姑娘二十来岁

椰田古寨的第一个大学生

回到苗寨，做了一名导游

她给我们介绍黎苗族文化

讲苗族"三月三"

岭南"一小锤"

我们走进她苗寨的家

她演示银杯验毒的奇妙

示范苗家治病的秘方……

她是家里最小的第八个孩子

也是整个椰田古寨的骄傲

孝敬父母，第一份工资

全部花在了爸妈身上

动人处，我们全都双眼湿润

然后，我们来到华丽的金店

同伴们高兴地转了几圈

走出金店，每个人都两手空空

苗家姑娘当然很失望

脸上的笑容显得格外勉强

其实，我们也同样尴尬

苗家姑娘，你的美

为何打动不了这些

远方的来客

2015/07/30

# 一只小鸟

一只小鸟
在大街的人行道上
徘徊。我跟随她
来到一扇紧锁的
玻璃门前
小鸟一次次飞跃
却被透明的玻璃
一次次阻挡门外
我不停地拍照
然后悄悄靠近她——
我要带她
一起回家
双手触及羽毛的
瞬间，小鸟展翅
飞向了天空

2015/08/21

# 云南的云（组诗）

## 云的距离

"你望我时很远
你望云时很近"
此刻，我在云的怀抱里
融为一体。流动的云彩
是一块巨大的白色天幕
是一条金色的湍急的河流
是座座耸立的山峦
是咆哮的雄狮
飞跃的蛟龙
当飞机再次穿过云层
落地时，华灯闪烁
黄昏的昆明宁静、亮丽
我在夜幕下望你
你依然那样神秘
而又遥远……

2015/08/26

## 石 林

一万年或许短暂
一亿年不算久长
直耸云霄，成为你
永恒不变的姿势
人们从四面八方涌来
在此徜徉，流连
没有迷信，也没有膜拜
只为一睹你的风采
留下一帧帧美好的合影
而我知道，为了这一瞬
你经历了多少阵痛
和风雨

2015/08/27


## 云南的云

多年以前，我曾来此
看你。多年以后
我再来此，依然只为

看你一眼。或许有一片云
一直长留于心间
这么说吧：岂止一片云呢？
这山山水水，一草一木
都曾令我心动而忘返
不然，又为什么
总会魂牵梦绕？

还是这么说吧：我也想
在你的怀抱里长眠


2015/08/27

# 走进刘家桥

老式水车慢悠悠地
旋转，已然成为一个标志
或者一道风景
四百年刘家桥
见证一部漫长历史
黄昏里，细雨中
我们走进古朴的民居
雕花窗，木楔檐
古色古香。村姑摆上了
农家宴，桂花茶、桂花酒
清香满屋。"高祖遗风"
悬挂于堂屋中央
仿佛昭示久远的辉煌
主人劝我桂花酒
每一杯都是高祖刘邦
风声雨声声声入耳：
"再干一杯！何不忘了
今夕是何年！"

2015/09/20

# 三峡人家

我听到了山的颜色，水的声音
三峡人家的女子，在山涧
在溪畔，巧手洗蓝身后的天空

银铃般的歌喉，把一曲曲山歌
唱到了山的那边，引无数只雀鸟
在山谷里盘旋，一步一回头

两只水鸭，从远方悠悠地游过来
和三峡人家的女子遥相呼应
三峡人家于是便有了诗意

三峡女子的歌声越香，游人的步伐
也愈慢。他们要把这图画
定格，带回自己的家乡……

2015/10/09

# 玉康罕和曼丢村

曼丢村已开发成民族特色村
玉康罕是村里的专职地导
她有一双热情似火的大眼睛
甜甜的微笑一直挂在脸上
玉康罕说一口标准的普通话
不时赢得客人的称赞和掌声
早年的曼丢村偏远闭塞
一批批知青曾落户于此
他们带领村民开山辟地
满山遍野种上了橡胶树
他们把知识、文明和进步
播撒在村寨，久久让人怀念
同时也留下了无数孽债
与深深的伤痕。玉康罕却说
村里人没有怨恨这些外来的汉人
家里的老人总是教导后辈们：
"感恩，才是傣家族人的美德。"
如今，曼丢村已对外开放
宽阔的柏油路修到了村头

知青们种下的橡胶早已成林

青山绿水，花园似的村寨

迎来四面八方观光的客人

村内的主干道，形成繁华市场

琳琅满目的特色物品

吸引着川流不息的慷慨游人

村里人富裕起来了。知青后代

成为沟通外面世界的桥梁

曼丢村一天天变得更加美好

玉康罕说："感恩当年的知青们!

也感谢你们的到来! 呃!"

那标志性的微笑，留在了

每个游客的心里……

2015/10/10

# 南门河游园

南门河游园的亭阁里
看参天挺拔的水杉
清澈碧绿的湖水
岸边轻扬的垂柳
柳影里荡漾的画舫
秋日的阳光正好
有板有眼的京腔
从湖心岛传来
时而变换为悠扬的慢歌
广场上跳起圆舞曲
树影下三三两两
太极拳似乎炉火纯青
一对舞剑的情侣
刀光剑影
吸引了众人的目光
当一只鸟儿从眼前飞过
如镜的湖面上
我在寻找她的影子

2015/10/16

# 带一本诗集去旅行

带一本诗集

去旅行。就好像

与诗人们一路相伴

莎士比亚，普希金

歌德，雪莱，茨维塔耶娃

等等。徐志摩，戴望舒

艾青，郭小川……

不只他们，我至少有

一排的偶像。然现在

我只想读我的朋友——

赵秦孙李，周吴郑王

他们在，或者不在

其实都不重要

我轻轻吟诵

那些美好的诗句

就会有快乐，和温暖

正如此刻，一本《基诺山》

伴我远行，仿佛

和远方的朋友在一起

不再孤独

春意盎然

2015/10/16

# 列车驶过枣庄

列车经合肥，过徐州
进入枣庄。我熟悉
这里的山山水水
一草一木。枣庄的大爷大妈
兄弟姐妹，我爱你们
就像爱我的亲人
和朋友。我想停下来
走进村庄，完成一个心愿
然而，在枣庄
列车不会停靠，或许
现在的枣庄实在不显眼
下站分别是曲阜、泰安
然后直达济南和青岛
"和谐号"风驰电掣
驶过枣庄的大地和天空
我只能一次次回望
这片血与火的土地……

2015/10/19

## 济南的夜

在济南，无论你来过或者

没来，你都会想到泰山黄河

以及趵突泉，大明湖，千佛山

这些无不令我向往

此刻我在济南的街道上

漫步。夜色渐浓，霓虹灯

或明或暗，街道两旁

顷刻变得繁华而热闹

小卡车，三轮车，木板车

或者干脆就是大包小包

占据了白天整洁的街道

烧烤摊的叫卖声

自娱自乐的男女对唱

震撼着街旁林立的高楼

你会想到多年前

青纱帐里神出鬼没的

游击队，或者雄壮激然的

黄河大合唱……

哦！济南的夜

这璀璨迷人的夜啊
我是你夜幕下的
独侠客

2015/10/20

# 拜　佛

千佛山有卧佛
慈目善面，安详静穆
一拜：升官发财，家藏万贯
二拜：长生不老，万寿无疆
第三拜，他情不自禁地
喊出声来——
"诗歌不死！诗人不朽！"
一道道怪异的目光
投向他，仿佛一把把利剑
直指额顶。众人眼里
他是一个
不可理喻的疯子

2015/10/20

# 养生堂

登山归来
总觉得腰酸背痛
于是去养生堂
做理疗
女医师一身白大褂
白顶帽、白口罩
只见一双黑亮的
大眼睛。她语调温婉：
"躺下，扎针。"
第一针，没有感觉
第二针，感觉依然
第三针，温度骤然上升
而后浑身燃烧
我望了望女医师
一双黑亮的大眼睛
正狠狠地盯着我
我说："不用扎了
我受不了啦！"
然后逃离

2015/10/31

# 风是风的倾听者

怀念北方，其实
就是怀念那片白桦林

秋风，吹拂着静静的白桦
如诉的马头琴声

在林间，在溪畔
久久地回响

尖石之上，你迎风
笑看西边的夕阳

裙裾逶迤
长发飘然

你说，你的爱
一直在远方

只有风，与你亲近

而我，是风的倾听者

2015/11/07

# 激 光

今生对你所有的幻想

飞舞成那些飘摇的光束

我把爱与不爱，连同死亡

一起交给远方的大海

秋风吹拂平原的夜幕

露出了河边的芦苇

其实，那是江汉岸边

夜夜守望，没有等到渡筏的

江汉女子的一腔柔情

当五彩的激光照耀大地

所有的鸟儿都已归巢

只有一只鹰，依然

会在夜空里

飞翔……


2015/11/09

# 在海边

你站在海边
看大海。我在海边的山上
看你

你的目光
追寻着翩翩海鸥
在海上飞

我的脚步
沿着沙滩上串串脚印
正走向你

海潮涌起。你转身
奔向海岸，而我
却要去拥抱海浪……

2015/11/14

# 一场没有结束的音乐会

周末的巴黎。浪漫之都
2015 年 11 月 13 日的夜晚
巴塔克兰剧院里
一场浪漫音乐会如期举行
闪耀的霓虹灯下
一群黑影正悄悄靠近
罪恶的子弹伴随音乐声响起
鲜血变成了颤抖的音符

一个小女孩倒下了
又一个老人倒下了
子弹在人群中疯狂呼啸
射向一百多个无辜的生命
巴黎之夜。一场浪漫音乐会
在枪弹、爆炸声中
戛然而止。千万朵玫瑰
在巴塔克兰剧院里

化为漫天飞雪

飘舞，凋零

而泪水，在活着的人们眼里

再也没有流出……

2015/11/15

# 阿尔勒的卧室

## ——致敬梵·高

阿尔勒的卧室里，阳光温暖

我在寻找，向日葵熊熊的火焰

和鸢尾花蓝色的忧郁

这人世的欢乐和痛苦

都在你的画布上呈现

当夜色来临，我漫步

在阿尔勒宽阔的街道

夜空湛蓝，星光闪烁

夜晚的露天咖啡座宁静

而梦幻。你会牵挂那些

犁地的农夫，以及昏暗油灯下

吃土豆的人。你也会向往

那些收获景象：

麦田里的云雀在歌唱

午睡的农夫幸福而安详……

这一切，你都会深深地怀念啊

当桃树花开，五月的鲜花

开满你的窗前，你却用上帝的子弹

射中了自己的胸膛

留下这阿尔勒的卧室

以及割掉耳朵后的自画像

哦！你 37 岁的韶华已逝

只有奥维尔教堂的钟声

经久回响……


2015/11/15

# 塞纳河畔的歌声

## ——致保罗·策兰

米拉波桥依然横亘于此

1970 年的塞纳河畔

骤然响起悲凄的歌声

遥远的罂粟与记忆

定格在《死亡赋格曲》的旋律里

那些"大红字的花冠"

隐隐记载了久远的个人记事

哦！策兰——

穿过忧郁的急流

"已经远远走在了最前面

却总是自己悄悄走在最后面"

那些脆弱的空格，和词语的缺口

擦亮了你灵魂的火苗

你倒下了，又一次次站起！

一双诗歌的双手比黎明更温暖

一行吹向风暴的诗句

比大理石更顽强

一个没有国籍的流亡者

唯有诗歌让你更谦卑……

当所有跳跃的音符

紧张的呼吸和换气

在塞纳河畔落下帷幕

百年千年之后

沉郁的《死亡赋格曲》

依然于此

经久不息……

2015/11/21

# 致杜拉斯

送你一朵红玫瑰
告诉你，与温柔无关

一个冷硬的人。永远叛逆
才是你一生不变的姿态

不想去为广岛之恋
喝彩；也不屑于那个

来自中国北方的男人
或许这样很好——

重新开始。永无终结
做你野蛮的绝望的情人

而所有这一切
与欲望无关……

2015/11/22

# 遥望一场雪

遥望一场雪。一场盛大的
北方的雪。窗外飘飘洒洒
室内娉娉袅袅：在兰的幽香里
炉火正旺。我们说梵·高
说福楼拜和杜拉斯
说狄金森，大洋彼岸的
那个与世隔绝的诗人
你说，你更欣赏雪压松针的
景致，渴盼一场雪地里
纷纷扬扬的记忆。我牵着
你的手，奔向辽阔的雪原
我们做一对戴着雪帽的
小人儿，然后大雪覆盖了你
和我。我说：就这样吧！
于此，白头到老……

2015/11/22

# 望 月

天上一个月亮
湖里一片月光

抬头望天上的月亮
你沉入浩渺的湖里

低头看湖里的月光
你挂在遥远的天上

2015/11/27

# 如果爱

如果我说爱
或许会吓跑你

如果我不说出口
也会后悔一辈子

其实，我们说得最多的
依然是阳光、鲜花和春天

我知道，我们都想刻意
回避那个字

阳光灿烂。鲜花绽放
春天扑面而来

你说——
这已经足够了……

2015/12/22

# 圣诞夜

圣诞夜。黄浦江畔
古老的圣诞歌声
在远处的小巷轻扬

这繁华的都市
于浪漫的背后
增添了几分古典和神秘

每一棵圣诞树
都款款致意。所有圣诞老人
都默默地为你祝福——

花开，不离
花败，不弃……

2015/12/25

# 东方明珠

从地下到地上
地铁，公交。我穿过了
整个大上海，来到
黄浦江边。汽笛声声
江面上巨轮如梭
对岸的高楼朦朦胧胧
东方明珠塔
依然高耸挺拔
而我，再也看不清
她的面容。12 响钟声
从古老的钟楼传来
雾霾遮蔽了正午的阳光
东方明珠塔在我眼前
时隐，时现……

2015/12/27

卷四　多年以后……

# 春天里的第一场小雪

飘在窗外的树梢

落入庭院的草坪

春天里的第一场小雪

昨夜，悄悄潜入了

思乡人的梦里

是风，吹开无形的束带

是雨，浇灌渴望的大地

洁白，轻盈

纷纷扬扬

从空中飘下

在手心，它幸福地融化……

2014/02/07

# 每一片叶子都是传奇

即使枯萎
也会滋润一方土地
或者凋零
也将在春天里重生

每一片叶子
都是一章精彩传奇
每一段人生
都会写下坎坷崎岖

叶落，不悲
叶繁，不喜
我就一直在此
等你……

2014/02/21

# 幼儿和小猫

一个幼儿，和
一只小黑猫
在庭院的草坪上
嬉戏，玩耍
小猫追赶着幼儿
幼儿追赶着小猫
小猫躲进他的怀里
他与小猫耳鬓厮磨
阳光下，他们旁若无人
亲密地拥抱，接吻
蓝天，绿草
幼儿，黑猫
此刻，已融为一体……

2014/04/14

# 卷香烟的小女孩

承启楼内，卷香烟的小女孩
一边招徕着游客
一边卷制土制香烟
捻丝，卷纸，切割，装盒
动作娴熟而老练
她每天能卷五包香烟
价值 100 元人民币
12 岁的小女孩
问她为何不去上学
她说，我要赚钱照顾妈妈
走出土楼，小女孩的吆喝声
正一声声传来：
"土制香烟啦，买一包吧——"
拉长了的声调
像一个世故的小妇人

2014/08/26

# 在渡轮上望金门

我们彼此称呼"兄弟"
却只能在这渡轮上望你
此刻，你我近在咫尺
"三民主义统一中国"
清晰可见。起伏的山峦
正模糊双眼，我们不停地招手
直到你的身影慢慢消失
上岸了。我买一只小小的打火机
上面刻有"1958 金门炮战纪念"
旅途中，我一直把它带在身边
就好像一直和远方的兄弟
在一起

2014/08/29

# 小月亮

你在天上，把缕缕清辉
洒向大地。万千众生

仰望着你，渴盼一睹
你的芳容。巨大的黑幕

遮蔽了你。朦胧中
你露出羞涩的面容

我站在阳台上看你
却不见你的踪影

当空寂围拢了街道
我拍下一串大红的灯笼

遥寄给
天上的你……

2014/09/09

# 一线天

是谁把你拦腰截断
咫尺之间，远隔一重蓝天？
总要把遗憾留下
相隔却不可相亲
我从远方来，只为你——
一线天。一步一个脚印啊
坚定而稳健。当我昂首
也可望见湛蓝的天空
也不忘留一张单影
然后挥一挥手——
武夷山，我不会带走
你一片的云彩

2014/09/10

# 雕琢时光

道一声"再见"，然后消失
在长长的走廊尽头

玻璃桌上，一杯鲜红的果汁
一如你离去的身影

亭亭玉立。你小小的唇
依稀印在它的边缘

当柔曼的乐声从远处传来
闪烁的霓影在眼前跳舞

依然，弥漫着你的笑脸
以及这雕琢的时光……

2014/09/15

# 在玫瑰酒店

玫瑰园路特 1 号，"玫瑰酒店"
耸立于此。我青睐于她——
这温暖诗意的名字

立于八楼窗前：傍晚的雾霾
笼罩着天空。长长的车龙
蚂蚁般在宽阔的街道爬行

子夜时分。刺耳的鸣笛声
交织着划破夜空，穿过每一扇窗子
放肆地侵入无数玫瑰的梦境

不眠之夜。捧一本友人的《自然集》
我一遍一遍地寻找：那些遥远的
属于"春天里的闲意思……"

2014/11/01

## 给我飞翔……

我记得你那日的模样
雪白的绒衣，撑一把紫色的雨伞
晚风吹拂着你的长发
金黄的树叶在你身后飞扬

你常青藤般的手臂缠绕着
你的声音在我耳边收藏
远方的灯火渐次熄灭
火焰燃烧了起伏的胸膛

多年以后，你的笑容依旧
长发依然。阳光和煦温暖
你的眼里闪耀着千万霞光

当片片树叶落下，我把炽热的吻
给你，听那来自空谷的潮音——
给我！给我飞翔……

2014/12/20

146

# 读辛波斯卡

哦！辛波斯卡
我是如此幸运

万物静默如谜。山庄里
冬至的夜晚。我静静地读你——

我们无拘无束地寒暄
说老虎啜饮牛奶

说鹰隼行走于地面
说鲨鱼溺毙水中……

独自散步于你的丛林
那些属于你的"写作的喜悦"

"一见钟情"的美丽。我不相信
我们相互都不会交流

今晚，我记住了你的墓志铭——

一个逗点般的，旧派的人

当我们挥手告别，我掏出计算器
思索彼此的命运……

哦！辛波斯卡，一切都将
"结束或者开始。"

2014/12/22

# 种一棵圣诞树

种一棵圣诞树，在你我的
心里，伴随圣诞赞歌的旋律
我们一起喝酒，跳舞。还可以
踢一场没有裁判的足球赛

我们说乌克兰纷飞的硝烟
说叙利亚流离失所的儿童
失联的飞机，贬值的卢布……
所有这些，仿佛都近在咫尺

遥远的是百年前的圣诞
我们怀念那位虔诚的牧师
一群敌对的士兵，终于握手言欢
每个人，都会向他致以敬礼

而今夜，我只想为你
种一棵圣诞树，一起祈祷——
雾霾散尽，山青水绿
鸟儿，在树上欢快地歌唱……

2014/12/25

# 生　日

我的朋友们个个海量

青花瓷已甩掉六个

嘴里依然叫嚷着"满上!"

发仔语无伦次

绪强兄醉眼蒙眬

文银大哥开始胡言乱语

说我不够意思

上次抢了他的舞伴

代菁忙着劝和:忘了过去

喝完酒我们再去疯狂

我说,给大家念一首诗吧

这是我最近的杰作

然后用赵忠祥似的语调

朗诵了我的新作《七夕》

不见掌声。所有的高脚杯

都高傲地宁静

邻座的女士打破了沉默

称赞这首诗情深意长

然后是齐声附和:"好诗! 好诗!"

掌声四起。我告诉大家：
今天是我的生日
我正在读美国的史蒂文斯
和他的最高虚构笔记……

2013/08/18

## 你来到我的梦里

你来到我的梦里——
那一天，我们去了远方
天空湛蓝，草原碧绿
白桦林中笛声悠扬

你说，你爱那天上的云朵
爱草原上自由的羊群
爱那潺潺的溪流
爱那溪流里欢快的鱼儿

而我，却爱你风中的舞姿
爱你林中的频频回首
爱你夕阳下，指尖
拂过额头的瞬间

那一天，我们去了远方
划一只月牙的小船
湖波里，轻轻荡漾……

2013/08/26

# 与友人郊外垂钓

远离烟囱和喧嚣
来到郊外的六号支渠
河水碧绿，浮萍覆盖其上
我知道，鱼儿在水底隐藏

一字形占领各自的阵地
睁大眼睛，张开耳朵
监视着小河里的敌情
撒下鱼饵，放下鱼钩
静静地守候，等待发起
一次又一次攻击

可爱的鱼儿哟！原来
你是经得住这诱惑的
绝不与陌生的来者亲密
寂寞和躁动阵阵袭来
无奈之中，我却油然而生
几分对你的敬意

当夕阳西下，匆匆收拾行装
无功撤离。一路想念着
小河里，鱼儿安详自由的姿势

2013/09/08

# 多年以后……

多年以后
我们会慢慢变老
你的容颜不再靓丽
眼角将爬满皱纹
青春的生命，会在冬日里
步步凋零

那一天，我会依然
守护在你的身旁
就像枯萎的枝头
守候来年的春雨
依然会为你欢喜
为你忧。为你写下
温暖的诗句

依然，我会相信
多年以后，你是我
最刻骨铭心的
回忆……

2013/09/20

# 坍　塌

高高的楼，在瞬间
坍塌。这里将出现
一座宏大的主题公园
钢筋和瓦砾散落于
四周，刺鼻的味道
弥漫了东西南北
一对老人在此路过
驻足
凝望
徘徊

一座高楼坍塌了
簇簇花朵，将在废墟上
生长

2013/09/24

## 当爱渐渐消逝……

那只骄傲的独角兽
抵挡不住你的温润
和芳香，古老的故事
再次重演。你红唇里的
美酒，恰似一杯甜蜜的
毒汁，我将心甘情愿地
一饮而尽

当爱渐渐消逝，秋天的
风，带走了你的足音
风中，我会独自
怀念……

2013/10/07

# 礼　物

年轻的妈妈带着小女孩
来到一座千年古寺
大师作揖："阿弥陀佛！
请问施主为何求见？"
年轻妈妈毕恭毕敬：
"请大师给孩子求个未来吧。"
大师双手合十，四目紧闭
把最好的祝福送给了小女孩
临别，小女孩向大师要礼物
大师道："孩子，一定要
记住：最好的礼物
也是对你最深的伤害。"
小女孩的眼睛扑闪了几下
大师已飘然而去

2013/10/29

# 儿子的作品

盘子里放上两只小青椒
和一只弯弯的汤勺
组成了眼睛，唇，和
儿子的微笑

2013/11/03

# 蒲公英

蒲公英在空中飞舞
化作片片闪烁的繁星
小女孩追赶着
要把它捉住
蒲公英越飞越高
小女孩再也够不着
睁大眼睛，她数呀，数呀
却怎么也数不清
有多少颗。天慢慢黑了
小女孩在草地上哭泣
寻着哭声，妈妈找到她——
"宝宝不哭。宝宝长大了
蒲公英就会
回到你的怀抱。"

2013/11/08

# 祭祖父

祖父叫让顺富
一个熟悉又陌生的名字

父亲是遗腹子
小时候父亲告诉我
1938 年的某个黄昏
祖父在张金河中央
漂走了。一颗子弹
击中了他，开枪的
是后面追赶的日本兵

后来我见到祖父的名字
在一本县志的"英名录"里
他是一名勇敢的战士
战火里付出了年轻的生命
他的尸体，随着湍急的河水
流向了未知的远方……

祖父是烈士

我曾把祖父的故事

写成一首首诗章

四月里，撒在东流的张金河

默默祭奠……

2013/11/20

# 纪 念

那一天，我在长江之滨的
黄昏里等你。一任寒风
穿透耳际，任细雨
淋湿衣襟。那一日那一刻
江水变成了一道暖流
缓缓地在心间流过

然后，一起眺望
远方闪烁的灯塔，聆听雨水
击落梧桐树叶的声音
那一刻，我们不述说爱情
只有美酒在杯中跳跃
静悄的玫瑰，在冬夜里盛开……

从此，你便刻在了生命里
成为一道纪念的风景

2013/12/20

# 关于诗歌的对话

你是我尊敬的诗人
我和你的一场对话
仿佛就在昨日：
"诗歌就是贵族的艺术
诗人永远只忠于自己的
内心。它是语言的技艺
诗人需要词语的游戏……"
我无意与你辩驳
你的话依然能给我
启迪。我重复了我的那篇
《诗与我》：诗歌不应该是
贵族的专利，诗人也不能
只向往象牙塔里的
生活。当然我也不喜欢
满纸废话，不会欣赏
裸露的乳房，泛滥的阴道
不需要给自己贴一张
"先锋诗人"的标签
或者"××主义"的代言人

我只希望我的诗歌

能够贴近你，给你温暖

然后，走进你的

心里……

2013/08/19

# 后　记

　　《闪烁的记忆》收录了 2013 年底至 2017 年间的部分作品，按时间倒序分为四卷，分别为"妈妈的白发""乡村记忆""遥望一场雪"和"多年以后……"，每集篇目则按写作时间先后顺序排列。

　　2013 年 9 月，我的第一本诗集《黑晶石》由长江文艺出版社出版发行，辑录了 20 世纪 80 年代至 2013 年 8 月间的部分诗作。《黑晶石》的结集出版，可以说是青春和爱情的纪念。近年来，工作之余，主编出版《潜江诗选》（2016.5），参与、组织推动"潜江诗群"活动，创办、主持微信公众号"青生活"诗刊等，虽然忙忙碌碌，却也始终不忘初心，一直坚持诗歌写作。读诗、写诗，已然成为我生活的一部分。

　　决定出版《闪烁的记忆》，依然是一种纪念。诗稿的收集整理经历了较长的时间，因为最初并无结集出版的计划，所以这些诗收集起来并非容易。对我来说，写诗并不是一种自觉的行为，它们是旅途中、会议间，或是闲聊之余、睡梦醒来，随手记录下的片刻感受。它们写在不同的笔记本或纸片上，手机里，某本书或者杂志的空白处，有些信手发布在诗歌网站或微博……经过两个多月的收集整理，辑录到诗作200余首，后几经增删，最终留下103首（组），只能说是敝帚自珍吧。

所有的写作都归于我们个人生活的回忆。篇目的选择，并无刻意的标准。一首诗，应该就是我们生活的一部分，或记忆，或纪念。因此，收录诗集中的，一定是记忆最深刻的一部分：某人，某事，某个片段，某个闪烁的瞬间……故而，诗集也定名为《闪烁的记忆》。

感谢生活，感谢有你。心中有诗的生活，是快乐的诗意的生活。诗，也应该多一些温暖，像阳光，照进你的心里。

《闪烁的记忆》即将付梓出版，于我当然是一件欣慰的事情。写完这些文字，回头再看看，或许还是多余的话。我相信：相逢的人会再相逢……

2017/12/19 于武汉

图书在版编目（ＣＩＰ）数据

闪烁的记忆 / 让青著. -- 武汉 ：长江文艺出版社，
2018.6
ISBN 978-7-5702-0373-4

Ⅰ. ①闪… Ⅱ. ①让… Ⅲ. ①诗集－中国—当代
Ⅳ. ①I227

中国版本图书馆 CIP 数据核字(2018)第 082984 号

责任编辑：沉　河　　胡　璇　　　　责任校对：陈　琪
封面设计：川　上　　　　　　　　　责任印制：邱　莉　　王光兴

出版：

地址：武汉市雄楚大街 268 号　　　　邮编：430070
发行：长江文艺出版社
电话：027—87679360
http://www.cjlap.com
印刷：武汉市首壹印务有限公司

开本：640 毫米×970 毫米　　　1/16　　印张：12　　插页：2 页
版次：2018 年 6 月第 1 版　　　　　2018 年 6 月第 1 次印刷
行数：3330 行

定价：39.00 元